Chats Parisiens

고양이가 사랑한 파리

파리에서 만난 사랑스러운 고양이 19

올리비아 스네주 글/나디아 방샬랄 사진/김미정 옮김

s o n n e t
소네트

차례

서문

파리는 로마나 카이로와 달리 어디서든 쉽게 고양이와 마주치는 도시는 아니다. 하지만 조금만 주의를 기울여 주변을 둘러보면 여기저기 그들의 흔적을 발견할 수 있다. 물론 파리에서는 파스타 쪼가리를 먹기 위해 모여들거나, 시장에서 각자 마구 뒤지고 다니는 고양이들은 보기 힘들다. 그들은 레스토랑의 구석진 곳에 놓인 바구니 안에 들어가 잠을 자거나, 아틀리에 진열창 너머에서 햇볕을 쬐며 빈둥거리거나, 비스트로의 디저트 찬장 위에서 낮잠을 자는 편을 더 좋아한다.

문화적 유산이 풍부한 파리에서도 손꼽히는 상점과 카페를 돌아다니다가, 도시를 사랑하는 이 우아한 동물들을 발견했을 때 이 책을 써야겠다는 생각이 떠올랐다. 파리에서는 고양이들이 17세기에 지어진 정원 안을 어슬렁거리거나 1897년에 세워진 그랑 팔레를 횡단해 달려가는 모습을 볼 수 있다. 이처럼 익숙한 공간에 놓인 고양이들을 지켜보고 사진으로 담는 것은, 파리를 종횡무진 누비는 고양이의 모험에 동참하는 일이며, 파리를 새로이 발견하고 고양이들의 눈으로 본 파리를 상상하는 일이다.

고양이를 사랑하는 사람이라면 도처에 있는 고양이들을 주목하지 않고 지나치기란 불가능하다. 예를 들면 조각가 니키 드 생 팔이 무덤을 장식하기 위해 구상한 다채로운 빛깔의 거대한 모자이크 고양이상부터 파리의 카페나 레스토랑에 정착한 수많은 고양이들까지 전부 그렇다. 영미권에서는 음식점 안에 동물을 들이는 것이 법으로 금지되어 있는 반면 프랑스에서는 동물이 주방에 출

입하는 것만을 금하고 있다. 여느 도시들처럼 파리에도 쥐들이 범람했고, 카페 주인들이 처음에 고양이를 가게에 들인 것은 쥐들을 몰아내기 위해서였다. 그런데 이렇게 들어온 고양이들은 단번에 단골손님들의 마음을 빼앗고 새로운 고객까지 확보함으로써 주인들을 기쁘게 해주었다. 그러니 우리가 고양이를 선택하는 것이 아니라 바로 고양이가 당신을 선택한다는 속담은 일리가 있다.

고양이들을 찾아 나서고 취재하는 탐색은 이 고양이에서 저 고양이에게로, 이곳에서 저곳으로 끝없이 진행되었다. 파리 좌안에 갔을 때 우리는 우안의 카페 '제피르'에 산다는 스위퍼라는 고양이 얘기를 들었다. 마레의 한 서점에서는 마레 구역의 디자인 가게 '플뢰'의 고양이 즈위키의 존재를 알게 되었다. 그리고 스테인드글라스 공방의 한 직원은 우리에게 정기적으로 고양이들의 출현을 알려주러 왔다. 정말 어디에나 그들이 있었다!

고양이들은 루브르 박물관에서 멀지 않은 카페 '뮈크'가 있는 혼잡한 교차로 근처에서부터, '르 로스탕'에서 보이는 환상적인 뤽상부르 공원 바로 건너편까지 다양한 환경에 적응함으로써 강렬한 존재감을 드러내고 기분 좋은 분위기를 만들어낼 줄 알았다. 어떤 고양이들은 자기 주변 사람들을 길들이기도 했다. 서점 '파주 189'의 고양이 아르튀르는 자기 집으로 들어가는 문이 닫히면 이웃의 이탈리안 향신료가게 주인이 대신 현관문 코드를 눌러줄 때까지 쉬지 않고 울어댔다. 이 책을 준비하는 동안 우리는 철저히 고양이의 스케줄에 맞춰야 했는데, 어떤 고양이들은 시골에서 여름휴가를 보내고 있어 파리로 돌아올 때까지 기다리기도 했다.

파리의 고양이들은 예술작품과 문학에 등장하는 단골 소재였다. 그야말로 원조 '캣우먼'이었던 프랑스 소설가 콜레트는 소설과 편지, 비망록에서 사랑하는 반려동물에 대해 자주 언급했다. 그녀는 팔레 루아얄 정원이 내려다보이는 아파트에서 고양이들에 둘러싸여 말년을 보냈다. 콜레트의 집 근처에 살았던 작가이자 영화제작자인 친구 장 콕토 역시 고양이를 사랑했다. 그의 수많은 그림과 조각과 시 속에서 고양이는 영감의 원천이었다. 1950년대로 거슬러 올라가면 로베르 두아노의 흑백 사진들을 얘기하지 않을 수 없다. 그는 부랑자들 곁을 지키거나 파리의 지붕 아래에서 밤을 지새우는 고양이 사진들을 찍었다.

파리의 고양이를 상징하는 가장 잘 알려진 아이콘은 로돌프 살리스의 그 유명한 카바레 '르 샤 누아르(검은 고양이)'를 위해 제작된 스탱랑의 19세기 포스터일 것이다. 그런데 살리스라고 불리는 검은 고양이가 실제로 몽마르트르 박물관에 살고 있으며, '르 샤 누아르'를 기념하는 콜렉션이 그곳에 소장되어 있다는 사실을 우리가 알게 되었을 때 얼마나 기뻤을지 상상해보라.

이 책에 소개된 매혹적인 고양이들은 파리를 가로지르며 어디에도 없는 독특한 여정으로 독자들을 이끌어간다. 그들은 파리 풍경의 완벽한 일부가 되어, 기품 있고 때로는 엉뚱하며 독립적인 동시에 다정한, 부인할 수 없는 특징을 빛의 도시 파리에 부여하고 있다.

레알 구역에 자리한 브라스리(간단한 요리와 함께 주로 맥주를 취급하는 비어홀—옮긴이) '오 페르 트랑퀼'은 '1920년대의 불타는 밤'의 분위기를 느껴볼 수 있는 곳이다. 이곳의 현 주인들이 와인창고에서 발견해 다시 인쇄한 19세기 광고 포스터는 고급 자동차에서 내린 우아한 커플이, 과거 카바레였던 '오 페르 트랑퀼'로 들어가는 장면을 보여준다. 당시 이곳은 자정에서 새벽까지 즐거운 여흥을 마음껏 즐길 수 있는 곳이었다.

2005년부터 이 가게에서 살고 있는 흑백의 발랄한 새끼고양이 바닐은 밤 12시 폐점 시간에 맞춰 밥을 먹는다. 여기저기 쏘다니던 바닐이 직원이 퇴근하기 전 안전하게 귀가할 수 있게 하기 위해서 이렇게 정했다고 한다.

'오 페르 트랑퀼'은 피에르-레스코 가에 자리 잡고 있다. 이 거리의 이름은 16세기, 33년간 여러 왕을 섬겼고 루브르 궁 확장 계획과 근처 이노상 분수 건축을 맡았던 르네상스 건축가 피에르 레스코의 이름에서 따 왔다고 한다. 오늘날 이 거리는 매우 번화한 보행자 전용 구역이 되어, 가게에는 손님들이 끊이지 않는다.

2002년부터 이곳에서 일하고 있는 다미앵 레벨은 가게를 지키는 세 매니저 중 하나다. 그는 고양이 바닐을 돌보는 일이 '업무의 일부'라고 이야기했다. 코가 검고 가슴에 넓게 흰 털이 덮인 바닐은 산보를 좋아하고 레알 구역에 언제나 활기를 몰고 오는 고양이다.

루이 6세의 결정에 따라 원래 밭이었던 부지에 조성된 레알 시장은, 수백 년이 흐르면서

18세기부터 19세기까지, 파리에 건축된 지붕 덮인 파사주 60개 중 지금까지 보존되어 있는 것은 20개가 채안 된다. 높은 유리 천장으로 덮인 그랑-세르프(위 사진) 파사주는 1990년에 리노베이션 되었으며 가장 근사한 파사주 중 하나다.

파리 물자 공급의 중심지 역할을 했으며, 1870년 빅토르 발타르가 설계한 10개 건물이 증축되면서 더욱 현대적인 외관을 갖추었다. 당시 에밀 졸라는 이 시장에서 영감을 받아 소설 《파리의 복부》를 집필했다고 한다. 사진작가 로베르 두아노는 1933년부터 이 시장의 거대한 규모에서 오는 분위기와 활기를 고스란히 사진으로 담았으며 그 결과물들은 오늘날까지도 남아 있다. 시장은 1970년대에 파리 남부의 룅지스로 이전했다.

잃어버렸던 바닐을 다시 찾은 것도 이 룅지스였다. 어느 날, 자기도 예전 레알 시장의 분위기를 맛보고 싶었던 건지 바닐이 도매시장으로 회차하는 배달트럭에 슬그머니 잠입한 것이다. "그곳에서 바닐을 발견한 사람이 이름표를 확인한 후 우리에게 전화를 해주었답니다. 우린 바닐을 찾으러 갔고요." 다미앵이 말했다.

멋진 차림의 세련된 사미 방 하그 사시는 '오 페르 트랑퀼'을 30년째 지키고 있는 종업원이다. 그는 브라스리의 모든 단골들을 알고 있는데, 어느 날 한 뮤지션이 바닐을 스케치하는 걸 보고 그걸 엽서로 만들기도 했다. 그가 덧붙이길, 어떤 단골손님은 정기적으로 손톱깎이를 들고 와서 바닐의 발톱을 잘라준다고 한다.

사미는 살짝 성가시면서도 자랑스럽다는 듯한 태도로 바닐이 한 짓을 일러준다. 가게 2층은 소설들이 빽빽이 꽂힌 책장과 안락의자들이 놓여 있는 편안한 분위기인데 여기로 새가 들어올 때가 있다. 그럴 때면 바닐이 새를 쫓아다니며 결국 1층으로 몰고 내려온다고 한다. "깃털들이 여기저기 날리고 난리도 아니죠. 그러면 바닥을 일일이 진공청소기로 밀면서 깃털들을 치워야 한다니까요." 대부분의 종업원들은 바닐과 새끼 고양이였을 때부터 함께 했기 때문에 바닐이 여기저기 어슬렁거리는 데 익숙하다. 물론 바닐은 이곳에서 멀리 나가는 법이 없으며, "날씨가 쌀쌀해지면 라디에이터 위에 올라가 있거나 우리 무릎 위에 올라와 앉기도 한답니다"라고 다미앵이 귀띔해준다.

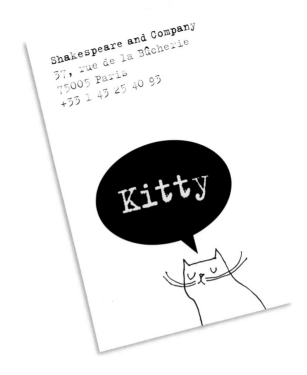

파 리의 가장 사랑받는 영어권 서점을 꼽자면 아마 '셰익스피어 앤 컴퍼니'일 것이다. 미국에서 건너온 조지 휘트먼이 1951년 문을 연 이 서점은 카르티에라탱 구역에 있어서 파리 센 강과 노트르담 대성당이 바로 건너편에 보인다. 휘트먼은 전설적인 인물 실비아 비치가 1919년에서 1941년까지 운영한 서점 이름을 그녀의 허락을 받고 빌려와 이곳에 붙였다고 한다. 현재는 조지 휘트먼의 딸(서점 주인이자 편집자이기도 했던 실비아 비치에게 경의를 표하는 의미에서 딸의 이름도 실비아라고 지었다고 한다)이 남편 다비드 드라네와 함께 서점을 이끌고 있다. 이 서점을 거쳐 간 고양이는 족히 일곱 마리 정도이며 하나같이 키티라는 이름으로 불렸다. 같은 시기에 앨런 긴즈버그, 로런스 더럴, 헨리 밀러, 잭 케루악, 아나이스 닌 같은 시인과 소설가들이 이 서점을 드나들었다.

"셰익스피어 앤 컴퍼니에는 항상 고양이들이 있었어요." 다비드가 확신에 찬 말투로 말했다. 현재의 키티는 순백의 털과 놀란 듯한 푸른색 눈을 가진 수고양이로, 2011년 조지가 98세의 나이로 숨을 거둘 때도 곁을 지켰다. 휘트먼의 개 콜레트가 자기 새끼처럼 키티를 길렀는데 키티는 고양이 치고는 놀랄 정도로 사교적이고 말을 잘 듣는 성격인 것 같다.

서점 현관 벽은 이곳을 드나들던 대표적인 유명인사들의 사진과 그림들로 뒤덮여 있다. 이중에는 두 팔 가득 고양이를 안고 있는 어니스트 헤밍웨이의 사진도 있다. 손님들은 서점 일층의 구석진 곳들이나 서가들 사이를 탐험하거나 책 한 권을 들고 벨벳 안락의자나 쿠션이 대어진 긴 나무의자에 자리를 잡는다. 키티는 주로 가게 전체가 내려다보이는 곳에 머물 파리의 고서적이나 헌책 상인들은 17세기부터 존재했다. 오래된 판본의 책들, 중고 현대소설들, 복제사진들, 석판화나 잡지들을 취급하는 작은 가판대가 센 강 기슭을 따라 216개나 늘어서 있다.

실비아 휘트먼, 다비드 드라네, 그들의 개 콜레트 그리고 조지 휘트먼의 마지막 고양이 키티(왼쪽 사진).

지만 피아노 위에 올라가거나, 서가에 올라가 책들을 쏟아지게 만들거나, 책상 위에 놓인 언더우드 타자기 옆에 자리 잡기도 했다. 이 타자기는 떠돌이 작가들인 '텀블위즈tumbleweeds' 들에게 대여된다. 그들은 서점 위층에서 한시적으로 머무는 대가로 한 페이지의 자서전을 작성해야 하며 하루에 한 권의 책을 읽고 가게 일을 봐주어야 한다.

"키티는 생존력이 좋은 고양이에요." 다비드가 이렇게 강조한다. "길거리에 호기심을 보이긴 하지만 위험을 무릅쓰고 밖을 쏘다니지는 않아요. 여기저기 어슬렁거릴 뿐이죠. 손님 다섯 분이 피아노 주위에 모여 있은 적이 있었는데요, 안락의자에 몸을 맡기고 있던 키티를 방해하지 않으려고 건반을 아주 살살 치는 겁니다. 가게에 동물이 한 마리 있을 뿐인데 그로 인해 어떤 리듬이나 침묵이 형성되기도 하더군요."

만일 키티가 서점 전면에 놓인 편안한 초록색 철제 테이블과 의자, 그리고 주철로 만들어진 월리스 분수식 식수대(조각가 샤를-오귀스트 르부르그가 디자인한 이 식수대는 19세기에 리처드 월리스가 파리에 들여왔다)를 벗어나 모험을 감행했다면, 서점 양쪽에 위치한 웅장한 건축물이나 작은 공원을 발견할 수 있을 것이다. 4백 살도 넘은 오래된 아카시아나무가 있는 이 공원은 12세기에 지어진 생쥘리앵르포브르 교회의 소유였다고 한다. 소르본 대학과 오르막길로 연결된 생-자크 가를 건너 서점 맞은편으로 가면 고딕 양식의 생 세브랭 교회가 나온다. 16세기 중반에 세워진 이 사랑스러운 교회 앞에는 육중한 나무 두 그루가 우뚝 서 있어 아무리 키티라고 해도 그냥 지나칠 수 없을 것이다. 교회 내부의 인상적인 석조기둥들은 종려나무 숲을 연상시킨다. 교회 근처의 샤-키-페슈 거리('낚시 하는 고양이'라는 의미—옮긴이)는 파리에서 가장 폭이 좁은 도로 중 하나이다. 어느 수도참사회원이 기르던 검은 고양이가 센 강에서 강물을 할퀴며 낚시하는 것 같은 행동을 한 데서 그 이름이 유래했다고 전해진다.

키티는 낚시할 줄은 모르지만 어느 고양이보다 큰 몫을 하고 있다. 수많은 이들이 키티를 보며, 책을 사랑하는 이들을 기꺼이 맞아주던 조지의 정신을 발견하고 있으니까.

Café de l'Industrie
16, rue Saint-Sabin 75011 Paris
+33 1 47 00 13 53

생사뱅 가의 '카페 드 랭뒤스트리'는 프랑스혁명의 상징인 바스티유 광장 바로 뒤편에 자리 잡고 있다. 세계 각지를 돌아다닌 여행가이자 화가인 제라르 르 플랑은 1990년에 이 카페를 열고 여행 중 수집한 그림들과 소품들을 적절히 섞어 내부를 장식함으로써 실제 1920년대에 가까운 분위기를 만들어냈다. 젊은 시절의 장-폴 벨몽도의 흑백사진 바로 옆에는 제라르 본인이 그린 고갱 풍 회화들과 아프리칸 마스크가 걸려 있고 보테로 스타일의 유화 옆에는 아프리카 여인의 흉상이 자리 잡고 있다. 마룻바닥 에는 와인색 카펫이 깔려있고 작은 스탠드들에서는 아늑한 빛이 퍼져 나온다. 현재는 젊은 시절부터 이곳에서 일해온 제라르의 아들 브누아가 이 카페와 더불어 같은 거리에 있는 지점 두 곳까지 운영하고 있다. 이 카페에 살던 새끼고양이들이 여러 차례 도망가거나 누군가 훔쳐가서 자취를 감춘 뒤, 2002년부터는 푸른 눈의 삼색털 암고양이 미민이 이곳을 지키고 있다. "미민은 좀체 길들여지지 않는 고양이죠. 덕분에 지금까지 살아남을 수 있었던 겁니다. 매일 저녁 천 명 가까이 되는 손님들이 이 카페를 드나드는데 어떤 사람들은 자기 외투 속에 미민을 넣어 데려가려고 하기도 했어요." 브누아가 설명했다.

단골손님들과 새로 온 손님들 모두의 사랑을 듬뿍 받고 있는 섬세한 고양이 미민은 독립적이고 신중한 성격이다. 지점까지 포함해서 카페 세 군데를 왔다 갔다 하면서도 미민이 주로 머무는 곳은 가장 먼저 생긴 카페다. "미민은 카페 구석에 자리 잡고서 조각상처럼 꼼

짝 않고 있다가 밤 11시 정도에 슬그머니 나타나 어리광을 부립니다." 브누아가 말했다.

카페 밖을 누비고 다닐 때는 꽤 멀리까지 탐험을 하는 편이다. "그래서 걱정을 하기도 했답니다. 그런데 동네 주민들이 미민을 다 알고 있기 때문에 지금 어디 있다면서 제게 알려주십니다. 어떤 분은 일부러 전화를 걸어 어느 어느 거리에서 미민을 봤다고 알려주기도 하고요." 브누아가 이렇게 털어놓았다.

미민의 이웃인 넓은 바스티유 광장 맞은편은 음악을 사랑하는 이들과 올빼미족들, 시위 참가자들이 자주 찾는 활기 넘치는 장소이며, 여기에서부터 앙리 4세 대로가 시작된다. 당시 도로 공사 때 무덤 위에 고양이 조각상이 있는 검은 대리석 무덤이 발견되었다고 한다. 17세기, 레디귀예르의 공작부인인 폴 드 공디가 애지중지하던 고양이 메닌의 무덤이었는데 공작부인이 살던 대저택은 지금은 존재하지 않는다.

미민이 사는 거리는 나무가 늘어선 방대한 리샤르-르누아르 대로를 건너면 나온다. 이 대로가 뻗어나오는 거대한 방사형 축은 나폴레옹 3세 시절 오스만 남작 주도로 시행한 파리 도시정비계획의 일환으로 조성된 것이다. 현재 리샤르-르누아르 대로는 생 마르탱 운하 위에 펼쳐져 있으며, 지하 구간이던 운하는 레퓌블리크 광장이 시작되면 다시 모습을 드러낸다. 이 대로는 또한 소설가 조르주 심농이 창조한 소설 주인공 쥘 메그레 서장이 살던 곳이기도 하다. 언제나 파이프를 물고 다니는 메그레 서장 스토리는 여러 차례 영화화되었는데, 1950년대와 1960년대에 나온 장 가뱅 주연의 메그레가 가장 유명하다. 구석진 비스트로에서 휴식을 취하는 걸 좋아한 메그레, 그가 타르타르 스테이크를 시켜놓고 역시나 타르타르 스테이크 마니아인 미민과 함께 나눠 먹는 모습을 상상하는 것은 그다지 어렵지 않다.

발 자크와 모파상의 작품에 언급되고, 영화 〈퍼니페이스〉의 프레드 아스테어가 방문했으며, 이브 몽탕의 노래에 나온 곳. 17세기에 함락당한 옛 성벽 자리에 조성된 그랑 불르바르가 그곳이다. 이후 18세기부터 지금까지 나무들이 늘어선 이 대로는 파리 시민들과 관광객들이 즐겨 찾는 '더 플레이스'가 되었다. 카페 드 라 페, 카페 앙글레, 카페 리치, 폴리-베르제르가 들어서 있을 뿐 아니라 유럽에서 가장 큰 규모의 영화관 르 렉스가 이곳에 있기 때문이다.

20세기 초반, 몽마르트르 대로에 문을 연 '카페 제피르'는 전 세계 관광객들을 사로잡은 밀랍인형 박물관인 그레뱅 박물관과 인접해 있어 혼잡하지만, 지역 주민들이 만남의 장소로 가장 선호하는 곳이다. 내부로 들어서면 콜로니얼 스타일 실내장식과 전통적인 모자이크 타일 바닥이 손님을 맞는다. 안쪽으로 더 들어가면 당구대가 보이고, 붉은색 카펫이 덮인 바닥 위에 테이블 몇 개가 추가로 놓여 있다. 추운 날씨에는 방풍 처리도 되는 넓은 테라스에서는 번화한 대로를 오고가는 사람들이 보인다. 교통 정체가 시작되기 전 이른 아침, 짙은 회색 털을 가진 고양이가 테라스에 있는 손님들 쪽으로 다가온다. 지나가다 멈춰서 고양이를 쓰다듬는 사람들도 있다. 이 고양이는 관광객들의 카메라 피사체가 되는 걸 주저하지 않는다. 다소 억울하게도, 먼지 제거 청소용품으로 유명한 브랜드 '스위퍼'에서 이름을 따온 이 고양이는 어디 한군데도 뻔한 데가 없다. 초록색 눈과 긴 털을 지닌 우아한 스위퍼는 오베르뉴 출신 순종 수고양이인데, 이 카페의 주인과 직원 대부분도 오베르뉴 출신이다. 카페는 오후 내내 활기 넘치는 분위기였다가 새벽이 되면 어느 가정집 실내로 변신한 듯한 느낌을 불러일으킨다. 바 뒤편 주방에서는 직원들이 야채들을 얇게 썰거나 케이크를 만들 때 쓸 초콜릿을 열심히 휘젓고 있다.

"정확히 말하자면 스위퍼는 캉탈 지방의 한 농장에서 태어났어요. 그래서 그렇게 먹는 데 사족을 못 쓰는 걸 겁니다." '카페 제피르'에서 2001년부터 매니저로 일하고 있는 미카엘

파리의 비스트로를 주로 채우는 의자들이 있다.
등나무 의자들이나 오귀스트 토네의 14번 모
델 같은 너도밤나무 의자들인데 이것들은 여전
히 건재한 파리의 카페 문화를 상징하고 있다.

니코디가 넌지시 이렇게 말했다. 스위퍼가 이 카페에 오게 된 경위는 아주 단순했다고 한다. 파리의 카페와 레스토랑 들에서 쥐를 박멸하는 유일한 방법이 고양이를 들이는 것이었기 때문이다. 그러나 2008년 이곳에 도착한 스위퍼는 곧바로 이 카페의 가장 큰 매력덩어리가 되었던 것이다.

"스위퍼는 고객들 사이에서 굉장히 인기가 좋답니다. 손님들이 간식을 주기도 해요. 그래서 지금 다소 비만인 상태예요." 미카엘이 덧붙였다.

카페 직원들 사이에서도 스위퍼는 인기를 한 몸에 받는다. 직원들은 일주일에 두 번씩 스위퍼를 빗질해주기로 결정했고, 직원들이 돌아가며 몸단장을 시켜준다. 그러는 동안 스위퍼는 벌러덩 누운 채로 자기 배를 긁어달라고 애교를 부린다.

종업원들이 청소를 하거나 겨자병을 다시 채우고 있으면 스위퍼는 테이블 옆 의자 위에 올라가 함께 있어준다. 스위퍼는 또한 당구대 위의 펠트 카펫에서 한가하게 늘어져 있는 걸 좋아한다. 직원들이 돌아서자마자 발톱으로 펠트판을 긁어대기도 하지만.

카페의 옆 출구는 1847년에 만들어진 파사주 주프루아로 바로 연결된다. 18~19세기 이 구역에 조성된 독특한 아치형 지붕이 덮인 60여 개의 파사주 가운데 현재 15개만이 남아 문화유적으로 등록되어 있다. 파사주 주프루아는 전체가 철과 유리로 디자인된 파사주 가운데 최초로 만들어진 곳이다. 물고기뼈 모양의 아치가 지탱한 큰 유리지붕 아래로 댄스홀, 마리오네트 극장들이 있고 콘서트가 열리거나 당구대가 설치된 카페들도 자리 잡고 있다. 그레뱅 박물관(당대에 유명세를 날리던 풍자화가 알프레드 그레뱅의 이름을 따옴)이 개관한 것은 1882년인데 이곳은 밀랍인형으로도 유명하지만, 기상천외한 아르누보 양식과 건축가 귀스타브 리브가 설계한 거대한 대리석 계단으로도 알려져 있다.

'카페 제피르'의 옆문 근처에 자리 잡고서 스위퍼는 파사주를 오고가는 수많은 사람들을 쳐다본다. 천성이 상냥한 이 고양이는 카페를 드나드는 손님들만으로도 만족한 듯 좀처럼 카페 문턱을 넘지 않는다.

19세기에 파리는 정기적으로 만국박람회를 개최했다. 보자르 스타일의 그랑 팔레와 프티 팔레는 길을 사이에 두고 마주보고 있는데 이 두 건축물은 1900년의 파리 만국박람회를 기념하기 위해 세워진 것이다. 네 명의 건축가가 이 프로젝트에 참여했고 공사는 1897년에 시작되었다. 강철과 석조, 유리가 인상적으로 결합된 이 건축물은 구조 자체는 고전적이지만 군데군데 아르누보 스타일의 영향이 엿보인다. 그랑 팔레 가까이에 있는 알렉상드르 3세교 역시 만국박람회를 기념하기 위해 건설된 것으로, 다리를 장식한 천사와 님프, 사자와 날개 달린 천마 등의 금빛 청동상들은 아르누보 스타일을 반영하고 있다.

2008년부터 시작한 레스토랑 '미니 팔레'는 미슐랭 가이드 별 세 개에 빛나는 셰프 에리크 프레숑이 이끌고 있다. 에릭은 처음에는 임시로 셰프 직을 맡았으나 에펠탑이 파리를 지키고 있는 것처럼 현재까지 여전히 이곳에서 일하고 있다. '미니 팔레'로 들어가려면 그랑 팔레의 측면에 있는 육중한 청동문을 열고 지붕이 둥근 알렉상드르 3세 원형 홀을 지나면 된다.

널찍한 다이닝룸의 전체적인 디자인을 지배하는 것은 그랑 팔레의 트레이드마크인 녹회색 철골이다. 천정에 매달린 인더스트리얼 스타일의 커다란 전등에서는 부드러운 오렌지빛이 흘러나온다. 천정까지 맞닿아 있는 아치 모양의 문을 열고 나가면 테라스가 나오는데

1900년에 열린 만국박람회에는 대략 5천만 명의 관람객들이 몰려들었다. 수많은 건축물이나 기계장치 발명물 가운데, 그랑 팔레와 프티 팔레, 에펠탑, 그리고 길이 3.5킬로미터에 달하는 삼단 컨베이어벨트식 보도인 '미래의 거리'가 큰 반향을 불러일으켰다.

이곳은 제정시대 양식의 거대한 원주와 우아한 조각상들로 둘러싸여 있다. 복원된 모자이크 바닥 위로 테이블들이 놓여 있고 그 사이사이에 종려나무 화분들이 늘어서 있다.

화려한 레스토랑 한복판에서, 턱에 나비넥타이 같은 작은 하얀 얼룩무늬가 나 있는 검은 새끼 고양이 나르시스는 바닥에 내려앉은 햇살을 따라다니거나, 늘어뜨려진 식탁보 자락을 잡아보려고 긴 의자 위로 점프하는 등 제 놀이에 열중하고 있다. '미니 팔레'가 문을 연 후 줄곧 셰프로 일하고 있는 나디아 블리송은, 나르시스가 식사 중인 손님들의 무릎 위로 뛰어드는 것도 서슴지 않는다고 말했다. 레스토랑 근처에 관공서와 언론사가 많다 보니 손님들은 주로 정치인들이나 기자들이 대부분이다.

2011년 나디아는 나르시스의 다정하고 사교성 있는 성격에 반해서 레스토랑에 나르시스의 보금자리를 마련하기로 결심했다. 그녀는, 나르시스가 새로운 공간에 적응하기까지 3개월이 걸렸지만 이제는 테라스 밖으로 나가는 법이 없고 자기가 가서는 안 되는 곳을 분별할 줄도 안다고 말했다. 바텐더는 나르시스가 카운터로 뛰어오르지 않는 한 용인해주고, 웨이트리스들은 프린터기 위에 앉아 있는 나르시스를 보면 즐거워한다. 원래 고양이를 좋아하지 않았다는 종업원 델핀 뒤보스크는 지금은 완전히 나르시스의 팬이 되어, 길쭉한 검은색 꽃병에 담긴 물을 마시려고 무너질지도 모르는 메뉴 더미위로 뛰어오르는 나르시스를 흐뭇하게 가리켜 보인다.

수직으로 길게 난 라운지의 커다란 창문 두 개가 나르시스가 가장 좋아하는 공간이다. 창문 너머로 다양한 전시가 열리는 그랑 팔레 기념홀에서 무슨 일이 일어나는지 지켜볼 수 있기 때문이다. 참고로 이 기념홀은 1905년 가을 살롱에서 앙리 마티스, 앙드레 드랭 등 야수파가 전시한 작품들이 센세이션을 일으킨 곳이기도 하다.

"나르시스는 항상 우리 곁에 있을 거예요." 나디아는 짧게 말했다. 그녀의 말을 확인해주기라도 하듯 나르시스는 점심식사 중인 직원에게 다가오더니 넓은 태피스트리 앞에 놓인 가죽 쿠션의자 위에 자리 잡고 자기 임무를 시작한다.

1900년 파리 만국박람회 당시 지어진 알렉상드르 3세 다리는 1892년 러불 협정을 기념하기 위해 러시아 황제의 이름을 따왔다.

LE BRISTOL PARIS
112, RUE DU FAUBOURG-SAINT-HONORÉ 75008 PARIS
+33 1 53 43 43 00

20 10년 디디에 르 칼베즈는 '르 브리스톨' 호텔의 경영을 맡으면서 그간 럭셔리 산업에서 얻은 다년간의 경험을 도입했을 뿐만 아니라, 가장 예기치 않은 변화를 일으켰는데 바로 고양이를 호텔에 들인 것이다. 유명한 사교계 인사인 쥘 드 카스텔란 백작이 특별히 머문 호텔이며, 1873년에 프랑스 대통령 공식 관저가 된 엘리제궁에서 매우 가까이 자리 잡고 있기 때문에 '르 브리스톨'은 아무 고양이나 데려올 수는 없었다. 2010년, 크림색 털에 푸른색 눈이 돋보이는 새끼 고양이 파라옹이 5성급 호텔 현관에 도착했다. 파라옹은 다정하고 사교적인 성격이 특징인 버먼 품종이며 이에 자부심을 가져도 좋을 듯하다. 왜냐하면 대대로 희귀한 품종이라 아이들과 파파라치들의 관심에 대해 무한한 인내심을 보여주어야 하기 때문이다. 파라옹은 '르 브리스톨' 호텔의 일부가 되었는데, 호텔 홈페이지에도 소개 페이지가 따로 있을 정도이다. 예를 들어 하퍼스 바자 차이나에서 케이트 블란쳇이 화보 촬영을 할 때도 바로 옆에서 포토타임을 가질 정도였고, 파리에 대한 일본 다큐멘터리에도 등장했다.

새끼 고양이 시절부터 파라옹은 손님들이 열쇠를 맡기는 리셉션의 펠트천 깔린 컨시어지 박스에 들어가 동글게 몸을 말고 있는 걸 좋아했다. 자라면서 군데군데 갈색 털이 난 파라옹이 가장 즐겨 찾는 곳은 크리스탈 샹들리에가 은은하게 비추고 글씨가 새겨진 나무판이 있는 컨시어지 데스크이다. 파라옹은 우편함을 발로 차거나 향초와 장미꽃병이 놓인 초록색 대리석 카운터에 길게 누워 출입구 회전문으로 오가는 고객들을 한가롭게 쳐다본다. 그러고는 대리석 바닥으로 뛰어내린 다음, 기지개를 켜고 나서 홀의 낮은 테이블에 겨울마

민트색 쇼윈도 뒤로 내부가 보이는 유명한 디저트 가게인 '라뒤레'는 1862년에 시작했는데 처음에는 빵집이었다가 1930년에 라뒤레의 손자가 바통을 이어받은 후 그 유명한 크림을 채운 마카롱을 발명했다.

다 올라오는 진달래 화분의 꽃을 물어뜯는다.

버먼 고양이 파라옹은 직원이 자주 두드려서 주름을 편 안락의자 쿠션 위나, 발열로 인해 유독 따뜻한 집무실의 컴퓨터(스크린 세이버에 자기 사진이 떠 있다) 근처에서 자는 걸 좋아한다. 1835년 카스텔란 백작이 개인 극장으로 사용하던, 18세기 태피스트리들이 장식된 카스텔란 연회장 마룻바닥도 파라옹이 즐겨 잠을 청하는 곳이다. 호텔 인트라넷에는 "오늘 파라옹에게 먹을 걸 주지 마세요, 수의사를 보기로 했습니다" 혹은 "파라옹이 어디 있는지 아세요? 오늘 미용실에 예약을 했는데요" 같은 글들이 일정한 간격으로 올라온다.

이런 약속에 맞춰 호텔 밖으로 나온 고양이는 수도 파리의 화려한 풍경에 새삼 감탄할 수도 있다. 옛날에는 밭이 펼쳐져 있던 포부르생오노레 거리는 루이 14세 사후 궁전을 베르사유에서 파리로 옮긴 1715년부터 급격하게 발전했다. 궁정의 신하들과 금융업자들이 앞 다투어 이곳에 대저택들을 지은 것이다. 그중 엘리제궁 바로 옆에 있는 대저택 보보는 1861년부터 내무부 건물로 사용되고 있다. 당시에 처음으로 명품 브랜드숍들이 자리 잡았는데 예를 들면 마구용품 전문점이던 에르메스나 잔 랑방이라는 양장점 등이 대표적이다. 1923년, 이폴리트 자매가 쥘 드 카스텔란 백작의 체류를 계기로 이 '르 브리스톨' 호텔을 시작했을 당시는 파리가 한창 흥분에 들뜬 시절이었는데 문화계 인사뿐 아니라 패션과 디자인계의 인물들이 저마다 새로운 아이디어를 내놓으며 경쟁했기 때문이다. 그런 이유로 우디 앨런은 브리스톨 호텔을 배경으로 영화 〈미드나잇 인 파리〉를 만들었고 주인공을 1920년대로 보내어 조세핀 베이커, 콜 포터, 프란시스 스콧, 젤다 피츠제럴드, 살바도르 달리, 만 레이를 만나게 한 것이다. 파라옹은 한창 소란스럽던 영화 촬영 기간에도 촬영 구역을 피해 홀과 리셉션에서 정적을 즐겼다고 한다.

파리 9구에 위치한 한적한 페트렐 가는 로슈슈아르 가로 이어지고 오르막길을 오르면 몽마르트르 언덕이 나오는데, 그 거리의 이름은 17세기의 수녀원장이자 어느 자작 가문의 조상인 몽피포의 마르게리트 드 로슈슈아르에게서 따 온 것이다. 페트렐 가의 반대편 끝까지 가면 포부르-푸아소니에르 가로 이어지는데, 중세 시대에 중앙시장으로 가던 생선장수들은 대체로 이 길을 이용했다고 한다. 1994년, '페트렐'의 주인인 장-뤼크 앙드레는 이 레스토랑 장소를 발견하고 단번에 사랑에 빠져버렸다고 말했다.

카페의 출입문에는 오렌지색과 초록색이 섞인 두꺼운 벨벳 휘장이 늘어뜨려져 있다. 낭만적이면서도 초현실적인 환상적인 연극 무대에서 막 튀어나온 것처럼 보이는 장식이다. 체크무늬 머플러를 목에 두르고 붉은색 테니스 슈즈를 신은 장-뤼크는 "어느 정도 그런 게 인생이잖아요"라고 짓궂게 말을 던졌다. 그는 매주 배달되는 지역의 제철 채소들로 요리를 준비한다. 가을인 지금은 당근, 초록 양배추, 무, 밤, 온갖 종류의 버섯이 한가득 담긴 박스가 날라져오고, 가는 끈으로 묶은 말린 장미다발이나 자주색 히드다발이 테이블을 장식한다. 준비가 한창 진행될 동안 레스토랑에서 자고 있던 흑백의 의젓한 수고양이 라카유가 일어나 거의 매일 아침, 활기 넘치는 폭스테리어 페르난도의 도착을 반겨준다. 상냥한 성격에도 불구하고 새끼고양이일 때부터 불량배라는 의미의 이름으로 불린 라카유는 친구 페르난도와 손님들에게서 좀 떨어진 곳에 잘 보이지 않게 놓인 바구니를 함께 사용한다고 장-뤼크가 귀띔해준다. 라카유는 종종 벨벳 커버로 덮인 의자에 올라가 한참을 자거나 겨울에는 철

제 스토브 뒤에서 둥글게 몸을 말고 온기를 즐긴다. 장-뤼크는 정기적으로 시골에 내려갈 때면 두 마리를 함께 데려갔으나 라카유는 파리를 눈에 띄게 선호했다. "시골에 가면 우울해해요. 파리로 돌아오자마자 바보처럼 풀어진답니다. 라카유는 레스토랑에서 사람들 사이에 있는 걸 더 좋아합니다."

몸집이 더 자그맣던 시절 라카유는 셰퍼드 뒤를 따라다니며 거리를 샅샅이 뒤지고 돌아다니기도 했다. 거리에서 하굣길에 자기를 보러 온 아이들을 좋아하며 따르기도 했다.

이 구역은 1차 세계대전 직후인 벨에포크 시대에 많은 인기를 누렸다. 라카유가 어릴 때부터 산 이 동네에는 수많은 댄스홀이나 카바레가 있다. 그중에 가장 유명한 '르 샤 누아르'라는 아방가르드 클럽이 있었는데 이곳은 폐업했다가 후에 카페로 영업을 재개했다. 수많은 예술가들과 작가들이 당시의 넘치는 창작욕에 이끌려 몽마르트르 남쪽에 위치한 이 거리에 정착했다.

레스토랑 구석구석을 탐험하던 라카유는 창문 근처에 쌓여 있는 책 더미 위로 점프하거나, 밤늦게까지 불이 켜져 있는 테이블 위의 다양한 초들을 살펴보기도 하고, 문 근처에 놓인 꽃병에 얼굴을 대기도 하고, 오디 주스 빛깔을 띤 집에서 만든 머랭이 담긴 흰 도자기 사발을 킁킁거리기도 한다. 얼마 전 미슐랭 가이드 팀에서 라카유를 문제 삼은 적도 있었다. "미슐랭 가이드 팀이 4년 연속으로 페트렐을 방문했어요. 그들은 우리 요리를 무척 좋아했습니다. 하지만 이렇게 말하더군요. '단 한 가지 고쳐야 합니다. 당신은 고양이를 식당에서 끌어내야 해요.' 나는 그들에게 나가달라고 했습니다. 별 하나 받자고 고양이를 희생시키지 않을 겁니다."

벨에포크의 상징이자 캉캉춤의 요람인 카바레 물랭-루즈 는 몽마
르트르에 위치하고 있으며, 이 시기의 또 다른 명소인 '르 샤 누아
르'와도 멀지 않다.

카바레 '오 라팽 아질'은 19세기의 예술가들과 작가들이 사랑하던 약속 장소였다. 그중 몽마르트르에서 태어난 모리스 위트릴로는 바로 모퉁이 근처의 핑크색으로 칠한 '메종 로즈'에서 살았다.

La Maison de Poupée
40, rue de Vaugirard
75006 Paris
+33 1 46 33 74 05

돌하우스 '라 메종 드 푸페(인형의 집이라는 의미─옮긴이)'는 보기라르 가와 세르반도니 가(이 거리의 이름은 바로 옆에 있는 생 쉴피스 교회 파사드를 설계한 이탈리아 건축가 이름에서 따왔다)가 만나는 모퉁이에 자리 잡고 있다. 이곳은 17세기에 지어진 뤽상부르 궁전 내의 상원의회당, 그리고 19세기에 지어진 뤽상부르 미술관과도 등거리에 있다. 파리에 마지막으로 남은 18~19세기 앤티크 인형 전문점인 이곳은 프렌치 인형이 예술적 기교 면에서 최고를 자랑하던 지나간 시대의 영광을 떠올리게 해준다. 넓은 진열창 너머로 보이는 풀 먹인 딱딱한 종이나 셀룰로이드, 도자기로 만든 우아한 인형들 사이로 고양이 한 마리가 보인다. 가슴팍과 발은 선명한 흰색이고 등과 꼬리는 줄무늬 털을 지닌 필루는, 왕좌에 있는 듯 당당하게 생기 있는 녹색 눈을 빛내며 창밖에서 펼쳐지는 비둘기들의 원무를 지켜보는 중이다.

가게 주인인 프랑수아즈 발레는 수많은 고양이들이 이 가게를 거쳐 갔으며 그들 없이는 지낼 수 없었다고 말했다. 2008년 프랑스 남부 지방에서 생후 3주된 새끼 고양이였던 필루는 이곳에 온 뒤로 가게의 마스코트로 귀여움을 받고 있다.

프랑수아즈는 십대 시절부터 이 가게 앞을 지나다니면서 자기 인형을 위한 작은 소품들을 사 모으곤 했다고 한다. 1980년에 자기 분야에서 인정받는 골동품 상인이 된 프랑수아즈

앙리 4세의 미망인 마리 드 메디시스가 후원한 이
분수는 1630년에 건축되었다. 19세기에 여러 차례
복원을 거쳐 결국 뤽상부르 공원 내로 옮겨졌다.

는 이 가게가 새 주인을 찾고 있다는 정보를 듣고 곧바로 구매할 결심을 한다. 같은 해, 가게 이름을 바꾸고 인형에 관련된 일체를 취급하는 상점을 열었다. 이곳에서는 프랑스와 독일에서 만들어진 인형들, 미니어처 인형 집과 인형을 장식하는 세세한 소품들, 앤티크 어린이용 가구와 장난감들을 전문적으로 취급한다. '라 메종 드 푸페'는 수집가들에게는 감탄을 자아내는 진정한 발견의 장소이다. 1840년에 제작된 대형 사이즈 인형이 머리를 틀어 올리고 자락이 넓게 펼쳐진 푸른색 드레스를 입고서 선반을 차지하고 서 있는가 하면, 2인용 가마에 의젓하게 앉아 있는 작은 사이즈 인형도 있다. 작은 가방들 안에는 자그마한 식기들이나 예비용의 나폴레옹 3세풍 인형 신발들이 가득 들어 있다. 이 신발들은 '파리지앤'이라고 불린 19세기 인형에 딸린 방대한 혼숫감 세트의 일부인데, '파리지앤 인형'은 당대의 패셔너블한 파리 여성들의 이미지를 따서 제작되었으며 패션 액세서리 분야에서 유일무이했다.

필루는 가죽으로 된 사냥 전리품 세트들에 유난히 눈독을 들인다. 그래서 검정색과 흰색, 회색 모티프를 즐겨 다루던 에서의 회화를 상기시키는 그 물건들을 갖고 바닥에서 노는 걸 좋아한다. 그런데 필루가 가장 좋아하는 것은 아이들 용으로 제작된 나폴레옹 3세풍 의자로, 같은 시기에 제작된 작은 테이블 앞에 놓여 있다. "안 돼, 안 돼, 안 돼, 안 된다고!" 필루가 안락의자의 태피스트리를 발톱으로 긁으려고 할 때마다 프랑수아즈는 이렇게 소리를 지른다.

필루는 가게 주인의 책상 위를 쓸어버리거나 인형 머리털을 잡아당길 때를 빼면 분별 있게 구는 편이다. 프랑수아즈는 인형의 머리 타래가 고양이들에게 쥐를 움켜잡았을 때와 비슷한 정복감을 주는 것 같다고 덧붙였다. 다른 고양이들도 '라 메종 드 푸페'를 탐험하는 걸 좋아할지는 모르겠지만 예술에 대한 일정한 취향을 가진 건 필루가 유일하다. 프랑수아즈는 필루가 장난감 말 위에 올라앉아서는 조용히 풍경화를 감상하는 걸 본 적이 있다고 말했다.

1612년에 마리 드 메디시스가 작은 구역을 매입했고 이것이 나중에 뤽상부르 공원으로 확장되었다. 25헥타르에 걸쳐 자리 잡은 공공시설인 뤽상부르 궁전 안에는 상원의회당과 오랑주리 미술관, 작은 과수원이 있고, 열대 난초들과 다양한 나무들이 자라는 온실, 분수들과 화단이 있다.

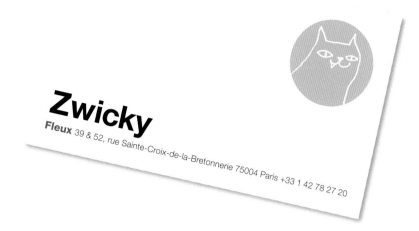

Zwicky

Fleux 39 & 52, rue Sainte-Croix-de-la-Bretonnerie 75004 Paris +33 1 42 78 27 20

생트-크루아-드-라-브르톤느리 가는 마레에서 가장 유서 깊은 거리로, 거리 이름은 프랑스대혁명 중에 파괴된 13세기 수도원의 이름에서 따온 것이라고 한다. 후에 이 거리는 1816년에 세워진 초콜릿 회사 므니에 덕분에 알려지게 되었다. 다양한 유적들이 자리한 마레 지구는 긴 역사를 갖고 있다. 원래 늪지대였으나 중세 초기에 경작이 시작되었으며, 13세기에는 프랑스 왕들의 저택들이 세워졌고 16세기부터는 귀족의 집들이 밀집한 교외 구역으로 자리 잡았다. 경사진 지붕, 붉은 벽돌 건물, 아치형 회랑 등 당시 주거 양식의 전형인 보주 광장과 카르나발레 저택, 쉴리 저택 같은 대규모 저택들이 여러 채 들어서 있다. 귀족들이 이 지역을 떠난 후 상인들이 들어와 정착했고 이어 노동자들과 장인들이 들어왔다. 작가 앙드레 말로는 1960년대에 문화부 장관이 되자, 그간 대체적으로 하향 평준화된 이 구역을 재개발하고 보호하려는 프로젝트를 주도적으로 실시했다.

오늘날 마레 지구에는 명품 부티크, 갤러리, 미술관들이 절제미 있는 과거의 유적들과 공존하고 있다. 초록색 눈에 얼룩무늬를 가진 큰 체구의 즈위키는 이 거리의 상징과도 같은 고양이다. 독특한 최신 디자인 상품들을 선보이는 편집숍 '플뢰'는 생트-크루아-드-라-브르톤느리 가의 네 곳에 매장을 열고 있는데, 2012년 수예품 도매점인 리카에르가 있던 자리에 '플뢰'가 들어올 때 리카에르의 고양이 즈위키도 함께 입양되었다. 리카에르는 이 거리에서 가장 오래된 가게이자 파리의 마지막 남은 수예품 도매점이었는데, 이 가게를 오랫동안 지켜온 뤼시엔 몽타나리가 즈위키를 발견하고는 몇 백 년의 역사를 자랑하는 스위스 바느질실 회사 이름을 따서 즈위키로 불렀다고 한다. 80세가 되어 가게 문을 닫아야 하는 처지가 되자, 즈위키의 안전이 걱정된 뤼시엔이 '플뢰'의 새 주인에게 즈위키의 입양을 제안했다

65

고 한다. 뤼시엔은 거의 매일같이 즈위키를 보러 온다. "내가 돌아가려고 하면 즈위키가 문 앞까지 바래다준답니다"라고 그녀는 말했다.

진회색의 긴 소파들, 패치워크 혹은 수가 놓인 긴 털의 쿠션들, 혹은 로봇 모양의 컬러풀한 호두 까는 기구까지, 플뢰에는 독창적인 디자인의 생활용품들이 진열되어 있다. 즈위키는 대부분 뜰의 가장 안쪽에 위치한 가게에 머무는데 그곳이 예전에 자기가 살던 집이었기 때문이다. 800유로라고 가격이 적혀 있는 하늘색 안락의자가 즈위키의 좌석이 되었다. "이제 이 의자를 판매할 수는 없게 되었어요." 이 가게의 주인인 가에탕 오셰르가 재미있다는 표정으로 말한다.

즈위키는 플뢰의 새로운 매장들을 보금자리로 삼게 되자 비만 문제를 겪게 되었다. "20명 가까이 되는 직원들이 즈위키에게 먹이를 주기 때문이에요." 이 매장의 관리자 중 하나인 세실 드로마르가 이렇게 설명한다. 그녀는 고양이의 다이어트를 위해 직원들에게 즈위키가 뭔가를 먹을 때마다 칠판에 적어놓도록 시켰다. 항상 통통하다는 말을 듣긴 하지만 즈위키는 매일 배달되는 커다란 종이박스 안으로 뛰어들거나 동그랗게 공처럼 구겨진 종이들을 쫓아 바닥에 미끄러지는 데 조금도 문제가 없다. 즈위키는 그렇게 뛰놀며 하루 종일 직원들 옆을 지킨다. 폐점 후에는 주로 진열창에 앉아서 지나가는 사람들을 쳐다본다.

즈위키는 그냥 종이박스만 좋아하는 게 아니라 커피도 좋아한다고 매니저인 세실 드로마르가 확신에 찬 말투로 이야기했다. 아무도 안 볼 때 커피잔을 발견하면 즈위키는 바로 잔속에 코를 박는다. "즈위키는 지푸라기 인형에 집착할 때도 있답니다! 상품 진열대 위 동물 쿠션들 사이에 들어가 있으면 인형과 구분이 안 갈 때도 있어요." 그녀가 즐겁다는 듯이 말했다. "우리 손님들은 이 매장이 굉장하다고 감탄하죠, 하지만 그들이 가장 좋아하는 건 고양이에요!" 가에탕이 이렇게 덧붙였다.

안네 프랑크 공원은 마레 지구에 위치한
유대 문화역사 박물관 가까이에 있다. 안
네가 일기에서 묘사한 밤나무 순이 이곳
에 옮겨 심어졌다고 한다.

파리 북부 바티뇰 구역의 한적한 거리에 자리 잡은 조각가 마리 라 바랑드의 아틀리에는 고양이들의 천국이다. 내부에는 클래식 음악이 부드럽게 흘러나온다. 다양한 높이의 스툴들이 가득 놓여 있어 언제든 점프할 수 있고, 와인코르크를 끈에 매달아 만든 장난감들이 여기저기 알맞은 위치에 놓여 있으며, 직사각형 모양의 커다란 개수대는 안에 들어가 앉아 있거나 수도꼭지의 물을 핥아먹기에 완벽한 장소이다.

숄을 두르고 작업용 장화를 신은 마리 라 바랑드는 그을린 얼굴에 머리는 우아하게 형클어져 있었다. 이 조각가는 2004년에 개인 아틀리에를 열었으며, 4년 후 브르타뉴에서 둥근 얼굴에 줄무늬가 있고 아비시니아 고양이와 유사하게 생긴 새끼 고양이 불을 이곳에 들였다. 그리고 곧 바바가 합류했다. 바바는 발과 가슴이 희고, 줄무늬 털을 지닌 고양이였다. 둘 다 창가에 앉아 지나가는 사람들의 주목을 끄는 걸 좋아하며, 하루 종일 학생들, 대부분은 지긋한 나이의 부유한 학생들로 붐비는 이 아틀리에를 마음대로 드나든다. "고양이들이 나를 좋아한답니다." 건장한 체구의 해군 사령관 출신 사내가 이렇게 말했다. 그는 커다란 나무판을 조각하느라 열중하고 있다가 불이 그 앞을 지나가자 곧바로 이렇게 덧붙인다. "나도 고양이들을 좋아하고요."

아틀리에 선반들 위에는 예술서적들이 쌓여 있다. 키 낮은 테이블에는 커피와 차와 초콜릿이 가지런히 놓여 있다. 안료가 담긴 통 바로 옆 구석에는 와인병들이 잔뜩 쌓여 있다.

　마리의 아틀리에는 이 지역, 그러니까 1860년에 파리에 합병된 이곳에서 19세기에 시작된 전통을 이어가고 있다. 그 당시 에두아르 마네는 실제로 '바티뇰 그룹'이라는 이름으로 더 유명했던 바티뇰 학파를 창시했다. 같은 해에 마네는 〈풀밭 위의 점심식사〉라는 작품에서 옷을 다 차려 입은 두 남자 사이에서 나체로 앉아 있는 여인을 그려 넣어 파리 예술계를 경악시켰다. 밝은 요소와 어두운 요소 사이에 색조의 점진적 변화가 결여되어 있던 이 작품은 당시에는 혁신적인 것이었다. 마네의 아틀리에에서 멀지 않은 카페 게르부아에 모인 인상파 화가들(프레데릭 바지유, 클로드 모네, 피에르-오귀스트 르누아르와 알프레드 시슬리, 그리고 폴 세잔과 카미유 피사로)은 카페에 모여 현대적인 삶을 묘사하는 새로운 방식에 대해 토론을 했다. 마네의 주도 하에 이들 모두는, 보수적인 흐름이 지배하던 당시 예술계가 아방가르드한 예술을 받아들이게 하려고 노력했다. 작가이자 기자였던 에밀 졸라는 이들과 자주 합류했는데, 그는 실험적인 화가 그룹과 더 긴밀하게 공조하기 위해 의도적으로 카르티에라탱을 떠나 1866년 바티뇰 그룹으로 옮겨오기도 했다. 에밀 졸라는 카페 게르부아를 혁명의 요람이라고 평가한 바 있다.

　마리는 자기 아틀리에에서 나무나 점토 조각 수업뿐 아니라 목탄이나 파스텔 데생 수업도 열고 있다. 모델들이 종종 방문해서 포즈를 취한다. 바바와 불은 모델의 다리에 몸을 기대고 자리를 잡거나 그들 뒤에 놓인 쿠션에 몸을 묻기도 한다. 두 마리 고양이는 라디에이터 위에서 잠을 청하거나 수업을 듣는 학생들 주위를 돌아다니며 장난을 치거나 앞치마 끈을 당기거나 다양한 작업도구들을 갖고 놀기도 한다. 암고양이인 바바는 아틀리에의 전등 아래 길게 누워 있는 걸 좋아하는데 조금이라도 온기를 느끼려고 한 발을 등 가까이에 대기도 한다.

LE ROSTAND
6, place Edmond-Rostand
75006 Paris
+33 1 43 54 61 58

<big>파</big>리의 가장 사랑스러운 정원인 뤽상부르 공원 바로 건너편, 소르본 대학과 팡테옹에서 걸어서 갈 수 있는 거리에 카페 '르 로스탕'이 있다. 이 카페와 이곳이 자리한 에드몽-로스탕 광장의 이름은 시인이자 신낭만주의 극작가인 에드몽 로스탕의 이름에서 가져온 것이라고 한다. 카페의 넓은 테라스에는 종려나무와 올리브나무 벤치들이 놓여 있으며, 아침 햇살이 카페 모퉁이를 이상적으로 비추고 있다. 꼬리에 회색과 갈색 줄무늬가 있는 하얀색 새끼 암고양이 록산느는 이 카페의 다양한 고객층을 형성하고 있는 대학 교수들과 편집자들과 작가들, 그리고 관광객들을 매일 맞아주는 얼굴이다.

19세기의 대표 극작가 로스탕의 그 유명한 희곡 〈시라노〉에서 이름을 딴 고양이 시라노가 몇 년간 '카페의 암고양이' 자리를 지켰으나 어느 여름 가출한 뒤 돌아오지 않았다. 다행히도 얼마 뒤, 카페테라스에서 겁을 잔뜩 집어 먹은 채 몸을 피하고 있는 고양이가 우연히 발견되었다. 그때부터 이 암고양이는 시라노가 사랑한 여인의 이름인 '록산느'로 불리게 되었다. 발견 당시 새끼였던 록산느는 몸무게가 겨우 480그램에 불과했고 몸에 상처를 입고 있었다. 1998년부터 '르 로스탕'을 이끌어오고 있는 매니저 장-피에르 베르트는 고양이에게 필요한 보살핌을 아낌없이 베풀었다. 그에 따르면, 록산느는 꽤 오랜 시간이 흐른 뒤까

지, 적갈색 대리석으로 덮인 나무 카운터 아래에 안전하게 몸을 숨겨야만 잠이 들었다고 한다. 금전 등록기 아래에 록산느의 밥그릇들이 가지런히 놓여 있다. 시간이 흘러 지금은 편안한 긴 가죽의자를 은신처로 더 선호한다. 장-피에르는 결코 먹다 남긴 음식을 록산느에게 주지 않는다. 록산느는 햄과 닭고기, 익힌 고기는 무척 좋아하지만 놀랍게도 익힌 것이든 날것이든 생선은 좋아하지 않는다고 한다.

매일 아침, 수염을 바싹 깎은 장-피에르가 〈르 파리지앵〉을 읽거나 웨이터와 이야기를 나누는 동안, 록산느는 아침햇살이 내려앉은 카페 테이블 위에 얌전히 앉아 약 150년 전에 빅토르 위고가 묘사한 바로 그 나무들을 뚫어져라 쳐다본다. 커피잔이 부딪히는 땡그랑 소리, 에스프레소 머신의 소음이 들려오면 예전에 소심했던 록산느의 모습은 어디에도 찾아볼 수 없다. "믿을 수 없을 정도로 사교적이랍니다" 장-피에르는 자기 아내가 '고양이가 가구를 발톱으로 긁거나 고양이털이 날린다며' 집에 고양이를 들이는 걸 반대하고 있지만, 자신은 언제나 고양이를 좋아했다는 걸 강조하며 이렇게 말했다.

록산느는 카페 출입구의 회전문 밖으로 나가는 모험은 거의 하지 않는다. 그렇지만 장-피에르는 조금씩 고양이가 영역을 넓히도록 유도했다. 록산느 이전에 있었던 시라노에게 그랬던 것처럼 말이다. 우선은 카페테라스, 그 다음에는 뤽상부르 공원으로 나가게 했다. 록산느는 아침에 평소처럼 한 바퀴 돌고 나면 천천히 모자이크 무늬가 깔린 바닥을 지나, 슬그머니 등나무 의자들 발치로 이동했다가 카페 안쪽에 자리를 잡는다. 그곳에는 동양풍의 회화들, 야자나무숲을 찍은 낡은 사진들, 치장벽토로 만든 야자나무 조각상들이 벽을 장식하고 있다. 록산느는 점심식사 중인 손님들이 앉아 있는 긴 의자들 아래에서 낮잠을 즐기는 걸 좋아한다.

뤽상부르 공원의 회전목마는 1879년에 파리 국립 오페라홀의 건축가 샤를 가르니에가 설계했다. 색깔이 칠해진 목마들은 꼬마 손님들을 즐겁게 해주었는데 회전목마가 작동하는 동안 기둥에 달아놓은 고리를 창으로 찔러 따는 게임을 쉬지 않고 했다.

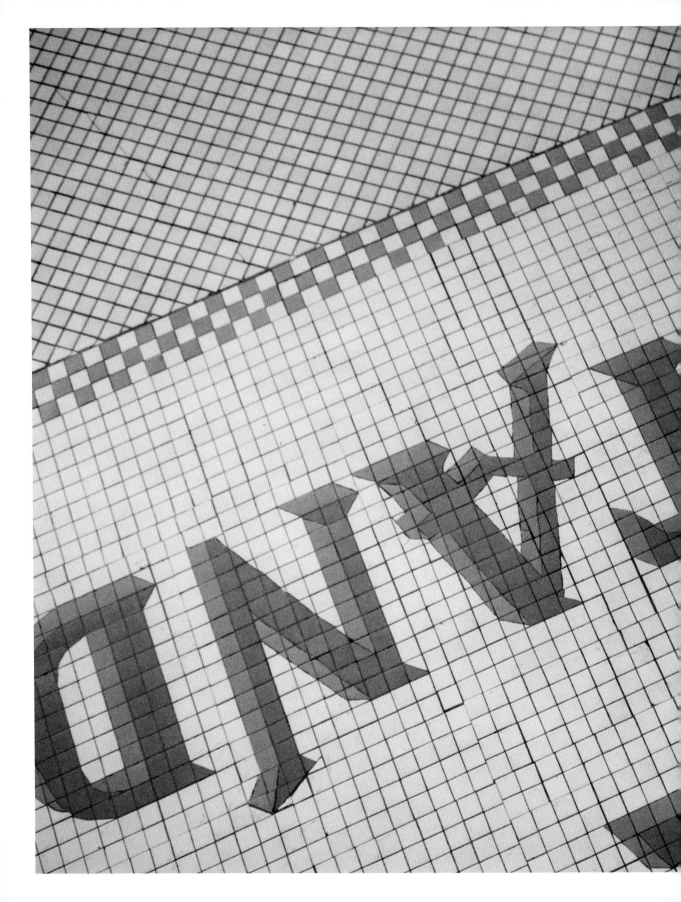

롬 가는 현악기 제조인들과 밀접한 관련을 맺고 있는 거리이다. 20세기 초반, 파리 음악원(1795년 설립)이 마드리드 가로 이전했을 때 현악기 제조인들이 대거 마드리드 가 근처이자 오페라 가르니에에서 멀지 않은 롬 가로 아틀리에를 옮겼던 것이다. 이후 1990년에 파리 음악원이 두 번째로 이전했으나 그들은 롬 가를 떠나지 않았다.

현악기 제조공방인 '르 카뉘-미양'의 진열창 앞을 지나가던 이들은 붉은색 벨벳 커튼을 배경으로 노랗게 변색된 악보 근처에 놓인 커다란 궁수 동상이 아니라, 기지개를 켜는 커다란 장모종 얼룩고양이에게 시선을 빼앗긴다. 2013년에 태어난 엘립스는 아주 어린 메인쿤(미국의 고양이 품종—옮긴이)으로, 다 크고 나면 12킬로그램에 달한다. 엘립스는 이 아틀리에에 살고 있는 베이지색 닥스훈트 셰스테르보다 이미 몸집이 커졌는데 두 마리는 왁스가 칠해진 단단한 참나무 마룻바닥에서 사이좋게 놀곤 한다.

현악기 제작에 종사하는 로이크 르 카뉘와 그의 부인 베레나는 1934년 베르나르 미양이 시작했던 가게를 인수해서 1989년에 아틀리에를 열었다. 150년 이상 대대로 현악기 제조, 그리고 현악기 활 제작에 종사한 가문 출신인 미양은 이 분야의 존경받는 장인이다. 그는 80세를 넘긴 현재도 일주일에 두 차례 오후 시간에는 롬 가의 아틀리에에서 일하고 있다. 로이크와 베레나 부부는 이 일을 아들에게 물려주었고 아들 니콜라가 아버지와 함께 2000년부터 일해오고 있으나, 부부는 일주일에 세 차례는 항상 아틀리에를 찾는다. 로이크는 커피를 마시면서 엘립스의 털을 빗질해준다. 주인 니콜라의 어깨 위에 올라탄 채로 엘립스는 매일 일터에 나온다. 1837년에 지어진 프랑스의 첫 번째 기차역인 혼잡한 생 라자르 역(현재의 생 라자르 역으로 이전한 것은 몇 년 후였다)을 지나 언덕을 올라오는 동안 인상적인 풍경이 펼쳐진다. 생 라자르 역의 파사드는 고전적 기법으로 지어졌고 플랫폼들은 유리로 된 지붕으로 덮여 있는 반면, 큰 유리창을 통해 빛이 들어오는 지하도는 다른 구조물들이 있는 로비와 연결되어 있다. 이 지역에 살던 인상주의 화가들은 이 역을 자주 그림의 소재로 삼았으며, 앙리 카르티에-브레송은 1932년의 그 유명한, 기차역을 뒤로 하고 빗물 고인 바닥을 큰 걸음

바티뇰 대로를 경계로 구역이 나뉜다. 중심부에 위치한 산책로는 나무들로 둘러싸여 있는데 일부 나무는 수백 년도 넘게 그 자리를 지키고 있는 것들이다.

으로 뛰어 넘는 한 사내를 담은 불멸의 사진을 남겼는데 그는 이를 '결정적 순간'이라는 개념으로 묘사했다.

매장 안에는 바이올리니스트 등 유명 고객들의 사진들이 넓은 벽면을 덮고 있다. 한 쪽 벽은 30여 개의 바이올린이 차지하고 있고 다른 쪽 벽에는 첼로들이 놓여 있다. 르 카뉘 가문은 300~400개의 바이올린을 보유하고 있으며 이것들은 가게 내에 보관되어 있고, 일 년에 대여 회수만 1200여 회에 달한다. 악기 대부분은 보주라는 소도시의 미르쿠르에서 제작되는데, 보주의 주요 산업은 현악기 제조업과 레이스 제조업이다. 16세기에 로렌 공작 가문이 이곳에 이탈리아로부터 들여온 현악기 제조 장인들의 노하우를 도입해서 미르쿠르 주민들이 오늘날까지 이 기술을 보존해오고 있다.

르 카뉘의 아틀리에에 가려면 가게의 큰 방 뒤편으로 연결된 좁은 통로를 지나야 한다. 나폴레옹 3세풍 소파, 로이크가 복원한 19세기풍 금고, 그리고 미양 가문의 수많은 현악기 제조인들을 찍은 사진들이 액자에 담겨 사무실을 장식하고 있다. 아틀리에 안에는 검은색, 베이지색, 회색의 말총 뭉치들이 엘립스와 셰스테르의 밥그릇 바로 위쪽 고리에 걸려 있다. 천정에는 바이올린들이 매달려 있고, 벽에는 일련의 작업 도구들이 걸려 있다. 로이크의 전문 분야는 현악기 제조업인데, 엘립스가 가장 좋아하는 장난감은 현악기 활의 재료가 되는 말총 뭉치들이다. 엘립스는 미끄러운 나무 바닥 위에서 소리도 내지 않고 이것들을 쫓아다닌다. 그러다가도 주인이 도착하면 바로 조심할 줄도 안다. "우리는 가치 있는 물건들을 만들어냅니다." 로이크가 이렇게 설명한다.

"파리는 수많은 음악가들이 콘서트 일정에 꼭 넣는 중요한 도시예요. 음악가들은 자기 악기의 활에 대해 꽤 집착하지요. 제 고객 중에는 악기 활을 점검받기 위해서 브라질로 가던 중 일부러 파리에 들르시는 분도 있으니까요." 로이크가 이렇게 말했다. 고객들은 대부분 엘립스를 좋아한다고 니콜라가 덧붙였다. 음악가들은 종종 페티시즘에 가까울 정도로 활에 집착하면서도 미신을 믿기도 한다. 이 가게에 온 뒤로 엘립스는 제 몫을 하고 있다. "그들은 엘립스가 자신들에게 행운을 가져다준다고 생각하게 되었답니다!"

르 셀렉트는 몽파르나스에서 가장 유명한 브라스리 중 한 곳으로, 테라스의 등나무 의자와 홀 두 곳에 놓인 가죽 쿠션의자들, 목제 테이블들은 시간이 흘러도 퇴색되지 않는 매력을 발산하고 있다. 1923년에 문을 연 이곳은 피카소, 장 콕토, 헨리 밀러, 어니스트 헤밍웨이 등 예술계 인사들을 사로잡았다. 미국식 칵테일을 판매하고, 팔걸이 없는 바 좌석이 있어 '미국식 바'로 알려진 뒤, 지역 주민만이 아니라 관광객들에게도 명소로 알려져 여전한 인기를 누리고 있다. 뒤편 홀에서는 예술가들과 작가들이 커피를 마시며 오후 시간을 보내고, 카운터 바에 자리 잡은 단골손님들은 이 가게에서 오래 일해온 직원들과 수다를 나누기도 한다.

'르 셀렉트'의 공식 마스코트 미키는 이곳을 방문하는 걸출한 보헤미안 손님들에 견줄 만한, 파리에서 가장 유명한 고양이일 것이다. 미키는 고양이로서는 믿기지 않을 정도로 기품 있게 이 브라스리를 평정하고 손님들을 즐겁게 해주었다. 매일 아침, 손님들은 라귀유미 자작이라는 손님이 찍어준 미키의 사진 바로 아래, 목제 카운터에 드러누워 있는 실제 미키를 볼 수 있었다. 오후가 되면 미키는 뒤편 홀에 놓인 쿠션의자에서 머물고 밤이 되면 계산대 근처로 와서 자리를 잡았다.

미키는 새끼 고양이 상태로 '르 셀렉트'에 왔다. 당시 이웃 카페들에서 오스카르라는 이름으로 불리던 고양이를 데려온 것이다. 당시 '르 셀렉트'의 베테랑 웨이터는 무슨 이유에서인지 갓 도착한 신참 고양이를 미키라는 이름으로 불렀다. '르 셀렉트'의 주인이던 미셸 플레가는 처음에 이 새끼 고양이를 내보내려고 했으나 헛수고였다. "당시에는 고양이에 대해 하나도 모르는 상황이었으니까요." 미셸의 아들이자 현재 매니저로 일하고 있는 프레데릭

벽에 걸려 있는 미키의 사진은 자신을 르네 라귀오미 자작이라고 소개한, 미키를 예뻐하던 사진가가 찍어준 것이다(왼쪽 사진).

이 이렇게 회상했다. 미키는 곧바로 자신이 밥값을 한다는 걸 증명했다. 아직 새끼 고양이였음에도 불구하고 쥐를 잡는 데 탁월했고 테라스의 순찰까지 돌았던 것이다.

미키의 유명세가 급속하게 전국에 퍼지면서, 미키를 보려고 방문하거나 사진을 찍으려고 이곳에 멈춰 서는 관광객들이 끊이지 않았다. 단골손님 한 명은 이런 말을 하기도 했다. "가끔씩 미키가 셀렉트의 고양이라는 사실에 대해 우쭐거리고 있는 것처럼 보입니다." "미키는 엄청난 엽서와 네브라스카처럼 먼 지역으로부터 소포까지 받았으니까요." 프레데릭이 이렇게 회상했다. "손님 한 분은 미키에게 장미꽃을 선물하기도 했습니다."

정기적으로 방문하는 단골손님들과 종업원들은 미키를 아주 특별하게 대하고 애정을 바치면서 경쟁하듯 이 고양이의 관심을 끌려고 했다. 매일, 추리소설가인 질 보르네는 미키가 오후에 깔고 잘 수 있는 모포를 갖다 주었다. "쉬잇, 깨우지 마세요. 꿈을 꾸고 있어요."

나이가 들면서 미키는 습관이 바뀌었다. 어릴 때에는 점심거리를 찾아 바로 근처인 스타니슬라스 가로 가는 걸 좋아했으나, 세월이 흐르면서 이제 '르 셀렉트'의 자기 자리에서 매끼를 해결했다. 대부분은 닭고기나 생선 조각(미키는 붉은 고기는 그다지 좋아하지 않았다)이 들어간 크로켓에 만족하고 샹티이 크림 한두 모금도 거절하지 않았다.

미키가 23살에 죽었을 때 '르 셀렉트'의 직원들은 단골손님들에게 이를 천천히 알리기로 결정했다. 한동안 종업원들은 미키의 소식을 손님들에게 알리러 갈 때면 발걸음이 무거워지는 걸 피할 수 없었다. 그러나 몇 달이 흘러, 직원들은 '르 셀렉트'의 고양이직 지원자를 한 마리도 아닌 두 마리나 받아들였고 무척 성공적이었다! 지원자는 시골에서 곧바로 올라온 새끼 고양이였다고 한다. "우리들로서는 미키와 완전히 다른 고양이인 게 중요했습니다." 프레데릭이 이렇게 설명했다. 몇 차례의 논쟁 끝에 직원들은 결국 두 마리 자매들의 이름을 결정했는데 한 마리는 F. 스콧 피츠제럴드의 연인 젤다라는 이름으로, 또 한 마리는 화가 츠구하루 푸지타의 모델이자 장래 부인인 유키로 불렀다.

파리의 다른 모든 묘지와 마찬가지로
몽파르나스 묘지에는 예술작품들이
전시되어 있는데 그중에는 거대한 모
자이크 고양이도 있다. 이 작품은 니
키 드 생 팔이 1989년에 사망한 친구
이자 조수인 리카르도를 위해 만든 것
이다(아래 사진).

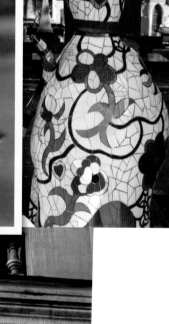

부르-생-앙투안 가는 파리의 가장 유서 깊은 거리 중 하나로, 12세기부터 장인들과 제조업자들이 이곳으로 모여들었다. 대로에서 조금 떨어진 작은 길과 건물 안쪽 작은 뜰에는 한때 공방들이 빼곡히 들어서 있었으며(몇 군데는 현재도 남아 있다), 그곳에서 일했던 수백 명에 달하는 가구장인들, 특히 궁정에 납품하기 위해 가구를 제작하던 기능공들이 존재했다는 걸 알려준다. 많은 건물들의 입구에 균형이 안 맞을 정도로 높은 특정 시대의 램프가 달린 것으로 보아 말이 끄는 사륜마차가 통과하기 위해 설계되었던 것으로 보인다.

1990년에 문을 연 독립서점 '파주 189(189페이지라는 의미―옮긴이)'는 근처 바스티유 구역이 높은 임대료로 인해 급속도로 원주민들이 떠나가는 현상에 직면했음에도 불구하고, 활기 넘치고 창조적인 이 지역에서 과거의 분위기와 명맥을 유지하려고 노력하는 거점이 되고 있다.

지상에서 살짝 아래로 내려간 곳에 자리 잡은 이 서점은 낮은 천장을 노출된 들보가 받치고 있는 구조로 되어 있다. 책들이 가지런히 쌓여 있는 긴 목제 테이블들이 서점 중앙을 차지하고 있다. 벽에는 사뮈엘 베케트, 마르그리트 뒤라스와 에드워드 고리 같은 작가들의 사진들이 걸려 있고, 그 옆에는 "J'aime Dostoïevsky(나는 도스토옙스키를 사랑해―옮긴이)"라고 쓰인 자동차용 스티커가 있다. 아르튀르는 계산대 근처 테이블에 올라가 있지 않을 때는 좀

떨어진 곳에 놓인 큰 사이즈의 사진책들 위에서 잠을 잔다. 튼실한 이 회색 고양이의 이름은 상징주의의 모범이 되었던 시인 랭보의 이름에서 따온 것이다. 서점 주인인 알랭 카롱과 그의 파트너 코린 마트라는 2009년, 나이든 고양이 두 마리를 하늘나라로 떠나보냈는데 그때 마침 친구 하나가 시골 옥수수밭에서 발견한 아르튀르를 데려왔다.

"아르튀르는 이 서점을 얼마나 좋아하는지 몰라요." 알랭이 이렇게 말했다. 그런데 실은 아르튀르에게도 베스트프렌드가 있다. 이웃에 사는 뮤지션들이 기르는 하양과 까망털을 가진 고양이 키냐르(작가 파스칼 키냐르의 이름을 딴 고양이)와 함께, 아르튀르는 서점 밖으로 나가거나 건물 입구를 빠져나가 근처를 탐험한다. 어린이책 섹션으로 꾸며진 서점 뒤편은 건물 안마당으로 연결되어 있고 이곳을 통해 수고양이 두 마리는 마음대로 드나든다. "둘이 함께 자기들 영역을 두 배로 늘렸답니다." 알랭이 이렇게 덧붙였다.

'파주 189'는 정기적으로 도미니크 페르난데스, 짐 해리슨, 제임스 엘로이 같은 작가들과 함께 사인회 행사를 열고 있다. "아르튀르는 행사 때마다 함께하죠. 작가의 의자를 찍고 다음엔 작가가 사인 작업을 하는 테이블 위로 올라가기도 해요. 소설가와 함께 있고 싶어하는 거예요. 작가들은 대부분 그걸 좋아하죠. 책과 고양이는 잘 어울리는 조합이니까요." 코린이 이렇게 설명했다. '파주 189'의 직원 가운데 몇몇은 이에 동의하지 않는다. 그들 말로는 아르튀르가 더러운 발로 일부러 'P.O.L'이나 '미뉘' 혹은 '갈리마르'처럼 전통적으로 흰색이나 베이지색 표지를 쓰는 출판사들 책 위를 밟고 돌아다니기 때문이다.

"아르튀르는 우리 모두를 완벽히 길들여버렸어요. 이웃 주민들은 고양이를 다 알아보기 때문에 기꺼이 문을 열어줍니다. 한번은 밖에서 문이 잠기자, 빵집 사장님이 아르튀르를 자기 집으로 데려갔어요. 아르튀르는 진열창에 앉아서 '말을 잘 듣고 있더라구요'. 아르튀르는 우리 서점에서 가장 중요한 얼굴이 되었답니다." 코린이 이렇게 덧붙였다.

세련된 분위기의 '카페 뤼크'가 자리 잡은 교차로는 파리의 보물과도 같은 역사적 유적지들로 통하는 문 역할을 하고 있어 교통이 무척 혼잡하다. 카페를 뒤로 하고 서면 왼편에 루이 14세 시절 지어진 코메디 프랑세즈 극장이 있고, 극장 뒤에는 1633년 리슐리외 추기경을 위해 지어진 궁전에 딸린 팔레 루아얄 정원이 펼쳐져 있다. 바로 맞은편에는 19세기에 세워진 루브르 호텔이 보이는데 인상파 화가 카미유 피사로는 이 호텔에 묵으며 창밖의 거리를 관찰하면서 유명한 작품을 여러 편 그렸다고 한다. 오른편에 있는 파비용(본체의 건물에서 세분되어 나온 부분적 건조물—옮긴이) 로앙의 석조 궁륭을 따라가면 루브르 박물관이 나온다. '카페 뤼크'에서 보면 '팔레 루아얄 뮈제 뒤 루브르 역'의 콜레트 생가 방향 출구가 눈을 사로잡는다. 2000년에 아티스트 장-미셸 오토니엘이 이 전철역 100주년을 기념하여 만든 '올빼미족을 위한 키오스크'는 색색의 유리와 은도금 비즈들로 장식한 두 개의 알루미늄 원형 지붕이 특징이다. 그가 설계한 원형 지붕들은 고전적 건축물이 대세이던 당시에 3대 현대적 구조물 중 하나로 꼽힌다. 나머지 둘은 I. M. 페이(Ieoh Ming Pei)의 루브르박물관 유리 피라미드, 그리고 팔레 루아얄의 기념 뜰에 있는 다니엘 뷔랭의 흑백 줄무늬 열주이다.

뤼케트는 카페의 전면창 자리에서 파리의 가장 인기 있는 랜드마크들을 감탄하듯 쳐다본다. 가슴털은 하얗고 등과 머리에는 얼룩무늬, 눈 근처에 해적의 안대와 비슷한 줄무늬가 있는 새끼고양이. '카페 뤼크'에 조용하고 우아한 보금자리를 갖고 있는 뤼케트는 가장자리

에 검은색 장식이 달린 붉은색 벨벳 쿠션의자 위에 앉아 창문 너머로 혼잡한 바깥 풍경을 바라본다. 지금은, 고급스러운 플러시천이 깔려 있고, 주름진 전등갓 아래로 아늑한 금빛 조명이 퍼져나오며, 검은 대리석 바닥에는 두꺼운 카펫이 깔린 환경에 있지만 뤼케트의 삶이 처음부터 이렇게 편안한 것은 아니었다. 온화하고 조용한 성격의 뤼케트는 2007년에 뤼크에 들어와 살기 시작했다. 그 전에는 사람에게 얻어맞고(그 뒤로 다리를 절고 있다) 버려져서 동물 보호소에 있었다. 2001년부터 이곳의 종업원으로 일하고 있는 실뱅 드니외의 말로는, 손님들은 매일 아침 카페에 들러 고양이를 어루만진 뒤 출근한다고 한다. 카페 단골손님 중에는 뤼케트에게 자신이 먹던 크루아상 조각을 건네는 사람도 있다. 뤼케트는 몸을 둥그렇게 만 채로 단골손님들 옆을 수줍게 지킨다. 단골손님들 중에는 기욤 카네, 장-폴 벨몽도, 카트린 드뇌브도 있다. 벽에는 배우이자 극작가였던 몰리에르의 후원 아래 17세기에 세워진 코메디 프랑세즈 극단의 회원들에게 헌정된 흑백사진들이 걸려 있다. 코메디 프랑세즈 극장의 자료들에는 1829년부터 30년 동안 매달 고양이 한 마리를 기르는 비용이 전체 경비에 포함되어 있었다는 기록이 나온다. 쥐들이 자주 갉아먹곤 했던 풀 먹인 무대의상들을 보호하기 위해 세탁 담당자는 실제로 고양이를 들였던 것이다.

뤼케트의 보금자리에서 바로 10여 미터 떨어진 곳에 작가 콜레트가 살았던 옛 아파트가 있는데 그곳에서는 근사한 팔레 루아얄 정원이 내려다보인다. 1938년부터 1954년 죽을 때까지 이곳에 살았던 콜레트는 평생 고양이들 곁에서 고양이를 예찬하며 살았다. 이웃에 살던 친구이자 소설가이자 영화인인 장 콕토 역시 마찬가지로 고양이들을 사랑했으며 고양이를 회화나 조각으로 만들거나 고양이를 소재로 시를 쓰기도 했다.

고양이에 대한 아름다운 글들을 모은 책에서 콜레트는 "평범한 고양이란 없답니다"라는 유명한 말을 하기도 했다. (의심할 나위 없이 뤼케트도 이에 동의할 것이다.)

작가 콜레트의 집에서 보이는 팔레 루아얄의 웅장한 정원 모습(아래 왼쪽 사진). 5백 그루 정도의 나무들이 오솔길을 둘러싸고 있으며, 커다란 화단 두 개가 분수대가 있는 원형의 못을 둘러싸고 있다.

건축가 엑토르 귀마르가 디자인한 물결치는 듯한
아르누보 스타일로 된 지하철 입구는 여러 곳에
서 찾을 수 있다. 그는 전체가 연철로 된 세 종류
의 출입구를 설계했는데, 그중 하나인 루브르-리
볼리 전철역에는 시대상을 드러내는 횃불 형태로
된 대형 전등이 장식되어 있다.

거에 인기를 누리던 생-마르탱 운하 지역은 2001년 영화 〈아멜리에〉에 나오면
서 사람들의 뇌리에서 지워지지 않게 되었다. 영화 속에서 붉은 원피스 차림의
배우 오드리 토투가 물수제비를 뜨던 이 장소는 노동자 계층이 밀집한 지역이었
으나 고급 부티크, 바, 레스토랑들이 운하를 따라 들어서면서부터 트렌디한 지역으로 부상
했다. 운하에서 멀지 않은 거리에 위치한 '르 카리용'은 이런 변화상을 단적으로 보여준다.
이 동네를 수십 년간 지켜온 주민들은 힙스터족 및 보보스족과 함께 클래식한 분위기의 카
페 '르 카리용'을 이용하고 있다. 테라스에서 프랑스의 고전적인 등나무 의자나 붉은색 철제
프레임을 댄 어린이용 의자를 차지한 손님들은 흔들거리는 목제 테이블에 놓인 구운 땅콩
을 곁들여 아페리티프 음료를 마시고 있다. 카페에서 하루 종일 흘러나오는 가벼운 재즈음
악이 이 카페의 편안하고 조용한 분위기를 만들어내고 있다.

'르 카리용'은 40년간 아셴 케마슈의 가족들이 경영해오고 있다. 활기 넘치는 이 카페
주인은 다소 사납고 독립적인 성격의 귀여운 새끼고양이를 능숙하게 다루며 밀루라는 이름
도 지어주었다.

어느 날, 힘없는 걸음으로 이 카페로 들어온 밀루는 그 뒤로 이곳을 떠나지 않고 있다.
밀루는 1970년대 스타일의 모자이크 타일 바닥과 나무장식 판자가 덧대진 인테리어를 좋아

길이 4.5킬로미터에 아홉 개의 수문이 있는 생 마르탱 운하는 일부가 지하구간으로 되어 있다. 육교들이 연결되어 있고 마로니에 나무들과 플라타너스 나무들로 둘러싸인 이 운하는 많은 영화의 배경으로 사용되었다.

하고, 낡았지만 편안한 가구들 사이를 제멋대로 돌아다닌다. 뒤편 작은 홀에 있는 인조가죽 소파는 밀루가 가장 좋아하는 곳으로, 소파 위에 놓인 오렌지색 쿠션에 기대어 잠드는 걸 좋아한다.

물론, 밀루의 독립적인 성격은 이름과는 연관성이 없다. 〈틴틴의 모험Tintin〉에 나오는 충직한 폭스테리어의 이름을 따오긴 했지만 말이다. 단골손님들은 고양이 밀루가 없었다면 '르 카리용'은 결코 지금 같은 분위기가 아닐 거라고 강조한다. 밀루는 종종 카운터로 뛰어 올라서 모닝커피를 마시는 손님들과 어울리다가 탐험을 하러 떠난다. 대부분은 바로 근처에 있는 생-루이 병원 정원으로 간다. 밀루의 선택이 탁월한 이유는, 앙리 4세가 17세기에 세운 병원 안뜰에 조성된 이곳은 가장 아름다운 정원 중 하나로 꼽히면서도 파리에서 가장 덜 알려진 곳이기 때문이다. 이곳을 설계한 엔지니어는 보주 광장을 디자인하기도 했다. 1607년 부르봉 왕조의 앙리는 생-루이 성당의 초석을 놓았으며, 정면 현관에 왕과 왕비의 이니셜을 새기게 했다. 앙리 4세의 부인이었던 마리 드 메디시스의 의사 표시로 병원 건축이 시작되었음을 기념하기 위해서였다. 이 성당에서 멀리 않은 레콜 수도원 정원도 밀루가 마음대로 드나드는 곳이다. 이 수도원 역시 1614년에 마리 드 메디시스에 의해 건축되었다.

하지만 아무리 아름다운 곳을 돌아다니다가도 카페 문을 닫기 직전인 새벽 2시면 밀루는 언제나 '르 카리용'으로 돌아온다. "밀루는 몸 안에 시계가 있는 것 같아요." 바텐더인 코코 아장은 이렇게 말했다. 아침 7시, 카페 문을 열면 밀루는 꽤 많은 양의 슬라이스 햄을 아침식사로 즐긴다고 그가 덧붙였다.

20세기 초 아르누보 스타일이 출현하면서 파리의 카페들에서는 바닥을 모자이크 타일로 장식하는 것이 유행이었다. 주로 그리스산인 이 작은 타일들은 2센티미터가 채 되지 않으며 굉장히 견고하다.

파리 북쪽 언덕에 위치한 몽마르트르 인근은 과거엔 제분소와 포도밭이 있던 시골 마을이었는데, 1860년에 파리에 편입된 후 물가가 저렴한 지역을 찾아다니던 대학생들과 예술가들이 이곳으로 몰리게 되었다. 19~20세기 초반 이 지역은 그야말로 폭발적인 예술의 열기로 들끓었다. 몽마르트르의 보헤미안 분위기를 느껴보기 위해서는 몽마르트르 박물관이 최적의 장소이다. 세 개의 정원과 몽마르트르 지역의 마지막 남은 포도밭에 둘러싸인 이 미술관은 이 구역에서 가장 오래된 저택으로, 몰리에르와 동시대의 배우였던 로즈 드 로지몽드가 살았던 17세기 풍 저택 안에 자리하고 있다.

몽마르트르 박물관에 가기 위해서 방문객들은 야생장미들이 덮여 있는 정자 아래 첫 번째 정원을 건너간다. 오른쪽에는 마르멜로 나무(모과 비슷한 열매―옮긴이)의 굵은 줄기가 늘어뜨려져 있고 이를 철제 수금상이 떠받치고 있다. 왼쪽에는 파리에서 흔히 보이는 스타일의 초록색 벤치 2개가 L자로 놓여 있다. 그리고 한쪽 벤치에 흑옥 같은 까만 작은 고양이 살리스가 스핑크스처럼 앉아 있다.

박물관의 고양이는 벨에포크 시대 파리의 저명인사이자, 1881년 문을 연 전설적인 카바레 '르 샤 누아르'를 세운 로돌프 살리스의 이름을 따서 부르고 있다. 아돌프 윌레트가 디자인한, 보름달 앞의 검은 고양이가 그려진 '르 샤 누아르'의 간판, 그리고 1896년에 테오필 알렉상드르 스탱랑이 카바레 순회공연을 위해 제작한 검은 고양이 석판화는 엄청나게 유명해졌다. 카바레에서 사회를 보던 살리스는 공연이나 음악 리사이틀, 낭독회 등을 소개할 때 거침없이 빈정대는 말들을 쏟아냄으로써 '르 샤 누아르'를 아방가르드 예술과 문학이 생생히 살아 숨쉬는 중요한 공간으로 만들었다. 루브르 박물관의 콜렉션에는 당시의 자유로운 분위기를 드러내는 포스터와 회화들, 사진들이 포함되어 있으며, 하나의 홀은 르 샤 누아르

몽마르트르의 상징적인 인물인 일러스트레이터 프랑시스크 풀보의 청동 흉상(가운데 왼쪽 사진)은
2012년 몽마르트르 박물관 정원에 세워졌다.

의 그 유명한 그림자극에 헌정된 공간으로 꾸며져 있다.

고양이 살리스가 이곳에 나타난 게 정확히 언제인지 아무도 모르지만, 박물관 직원들은 대체로 2007년경일 거라고 추측했다. 박물관 측은 고양이를 돌보는 예산을 따로 책정해놓고 있다. "모두들 이 검은 고양이를 우리가 일부러 들였다고 생각할 거예요. 그러나 이 장소를 선택한 건 바로 살리스예요. 마치 스타처럼 행동하고, 사람들은 전부 살리스를 좋아해요." 마케팅 디렉터인 카렐 르 케레가 이렇게 말했다.

이 저택에는 박물관 외에도, 18세기에 지어진 후 수많은 예술가들과 작가들, 음악가들에게 침대나 아틀리에를 제공한 데마른의 집이 바로 옆에 자리 잡고 있다. 라울 뒤피, 쉬잔 발라동과 그의 아들인 모리스 위트릴로가 이곳에 머물렀다고 한다. 인상주의 초기를 이끌었던 화가 오귀스트 르누아르는 이곳에서 유명한 작품들을 여러 점 작업했는데, 특히 1876년의 〈그네 타는 여인〉의 모델이 된 그네는 오늘날도 연꽃으로 덮인 늪 근처 나무에 그대로 걸려 있다. 살리스는 얇은 나무판자에 머리를 비비는 걸 좋아한다. 그러고 나면 재빠르게 아래쪽 정원으로 나 있는 계단을 내려가, 몽마르트르의 유명인사인 일러스트레이터 프랑시스크 풀보의 흉상 앞까지 달려간다. 이 마지막 정원에는 커다란 침엽수가 우뚝 솟아 있는 테라스가 있는데, 이곳에서 보면 포도밭과 인근의 주택들, 그리고 작가들과 시인들과 음악가들, 무정부주의자들과 포주들이 모여 떠들썩하게 주연을 벌이던 그 유명한 스캔들의 온상지 '르 라팽 아질'(아직도 영업을 하고 있다)이 파노라마처럼 펼쳐져 보인다. 오늘날 메트로폴리탄 미술관에 전시되어 있는 1905년 피카소 작 〈르 라팽 아질에서〉는 당시 카바레 '르 라팽 아질'의 벽에 7년 가까이 걸려 있었다.

살리스라는 이름의 검은 고양이가 있다는 것이 방문객들을 즐겁게 해주고 있으나, 실은 아주 오래전부터 몽마르트르에는 검은 고양이가 살았던 것으로 보인다. 극작가 모리스 도네가 카바레에서 진짜 검은 고양이를 보았노라고 회고록에 기록한 걸 보면 말이다.

관광객들로 발 디딜 곳 없는 노트르담 드 파리에서 몇 개의 다리를 건너면 나오는 '라 로티스리'는 유명한 레스토랑 '라 투르 다르장'의 캐주얼한 별관이다. 길 다른 편의 '라 투르 다르장'은 16세기에 문을 열었는데, 이곳 레스토랑 6층에서 펼쳐지는 파노라마 같은 전경에 영감을 받아 영화 〈라따뚜이〉가 만들어졌다고 한다. '라 투르 다르장'에 비해서는 다소 소박하지만 '라 로티스리'는 정성스러운 분위기와 환경에 있어서는 뒤지지 않는다. 노란색과 검은색 체크무늬 식탁보와 붉은색 가죽 쿠션의자, 개방된 그릴, 짙은 붉은색 앞치마를 두른 종업원들, 이 모든 것들이 한데 모아져 편안한 분위기를 자아낸다. 한쪽 벽에는 손님들의 사진들이 걸려 있는데 그중에는 언론인 베르나르 피보와 클로드 사로트뿐 아니라, 흰색과 검은색 털의 토실토실한 고양이가 입을 크게 벌리고 찍힌 사진도 있다. 이 고양이가 보졸레, 이 레스토랑의 마스코트이다. 보졸레는 지금은 털이 덥수룩하게 자라고 나이도 꽤 먹었고 푸른 눈에는 지혜로움이 깃들어 있다.

보졸레는 다가가기 쉽고 편안한 성격의 고양이인데 이름 역시 마시기 편한 가벼운 와인 보졸레에서 따왔다. 새끼 고양이일 때에 보졸레는 레스토랑 현관에 놓인 와인통 위에서 자는 걸 좋아했지만, 나이를 먹자 이 신사 고양이는 레스토랑 내의 더 따뜻한 공간을 찾아 몸을 기댄다. 보졸레는 쿠션의자가 등을 맞대고 있는 사이 선반이나 편안한 가죽 쿠션의자를

선호한다. 쿠션의 가죽은 보졸레가 긁어대는 바람에 일부를 교체해야 했을 정도다.

    1996년부터 공동 매니저로 있는 파트리샤 보타미가 매니저가 되고 몇 달이 지나지 않았을 때, 레스토랑 수리 후 다시 나타난 쥐 문제를 해결하기 위해 고양이를 들이자는 말이 나오게 되었다. "보졸레는 완벽하게 자기 임무를 끝냈지만 손님들이 너무 좋아했기 때문에 계속 기르게 되었답니다." 파트리샤가 이렇게 설명했다. 그녀는 살짝 울컥한 표정으로 보졸레를 잃어버릴 뻔했던 일화를 들려주었다. 보졸레가 손님의 핸드백으로 들어가 잠이 든 것이었다. 여자 손님이 가게를 나가려고 가방을 들어 올린 순간, 평소와 달리 너무 무거워 안을 들여다보니 그 안에 작은 불청객이 들어 있었다는 이야기이다.

    매일 아침 일찍 첫 식사를 한 뒤, 보졸레는 직원들이 점심식사를 할 때 끼어 가벼운 점심을 먹는다. 정오와 저녁 영업시간 동안 종업원들은 테이블 사이를 어슬렁거리며 돌아다니는 마스코트 고양이를 능숙하게 피해가며 일을 한다. 햇살 좋은 날이면 보졸레는 주저 없이 베란다로 나가 보도 틈에 자라난 풀들을 씹어 먹는다. 그 보도 맞은편의 투르넬 다리에는 15세기 훈족과 아틸라의 공격으로부터 수도를 보호해준 파리의 수호성인 주느비에브의 아르 데코 스타일 조각상이 센강을 내려다보고 있다. '르 셀렉트'에 있던 미키처럼, 보졸레도 이제 어엿한 스타가 되었다. 레스토랑 페이스북 페이지를 운영하면서 파트리샤는 보졸레의 사진들을 올려달라는 요청을 받았고 아주 가끔 사진을 포스팅하고 있다. 미국인 여자 손님 하나는 파리에 올 때마다 보졸레를 위한 장난감을 사오는가 하면, 또 다른 단골손님은 매일 자신이 식사를 하는 바로 그 자리에 보졸레가 기다리고 있을 거라는 걸 알고 있다. 햇빛 좋은 계절이면 레스토랑의 마스코트 고양이는 손님들의 너그러운 시선을 받으며 음료수의 얼음들을 핥아먹는 걸 좋아한다.

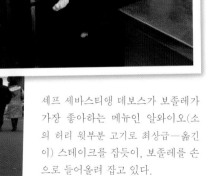

셰프 세바스티앵 데보스가 보졸레가
가장 좋아하는 메뉴인 알와이오(소
의 허리 윗부분 고기로 최상급—옮긴
이) 스테이크를 잡듯이, 보졸레를 손
으로 들어올려 잡고 있다.

센 강 강변에 늘어선 중고가판서점
에는 카바레 '르 샤 누아르'의 포스
터들이 판매되고 있다.

CHATS PARISIENS

고양이가 사랑한 파리

첫판 1쇄 펴낸날 2016년 9월 12일

지은이 | 올리비아 스네주 글/나디아 방샬랄 사진
옮긴이 | 김미정
펴낸이 | 박남희

종이 | 화인페이퍼
인쇄·제본 | 한영문화사

펴낸곳 | 소네트
출판등록 | 2011년 4월 25일 제2011-000059호
주소 | 서울시 마포구 토정로 135 (상수동) M빌딩
전화 | (02)2676-7117 팩스 | (02)2676-5261
전자우편 | geist6@hanmail.net

ⓒ 소네트, 2016

ISBN 979-11-85271-49-1 03860

* 책값은 뒤표지에 있습니다.